AF349482

TRAITEZ
DE PAIX CONCLUS

ENTRE S. M. LE ROY DE FRANCE

ET LES INDIENS DU CANADA,

PAIX AVEC LES IROQUOIS DE LA Nation Tſonnont8an. *A Quebec le vingt deux iéme May 1666.*

PAIX AVEC LES IROQUOIS DE LA Nation d'Onnei8t. *A Quebec le douziéme Juillet 1666.*

PAIX AVEC LES IROQUOIS DE LA Nation d'Onnontague. *Le treiziéme Decembre 1666.*

———— •◦• ————

A PARIS,

Par SEBASTIEN MABRE-CRAMOISY
Imprimeur du Roy.

M' DC. LXVII.
De l'exprés commandement de Sa Majeſté.

PAIX

ACCORDE'E PAR L'EMPEREUR
de France, aux Iroquois de la Nation
Tſonnont8an.

A Quebec le vingt-deuxiéme May 1666.

LE vingt-deuxiéme du mois de May de l'année 1666.
les Iroquois de la Nation de Tſonnont8an, Supe-
rieure d'Onnontaé, eſtans deſcendus à Quebec pour
y demander la Paix par dix de ſes Ambaſſadeurs,
nommez Garonhiaguerha, Sago8ichi8tonk, Oſend8t, Ga-
chioguentiaxa Hotiguerion, Hondeg8araton, So8end8annen,
Tehaend8anha8enion, Honagueta8i, Tehonneritaguente,
Tſohahin, aprés avoir fait entendre par la bouche de l'O-
rateur Garanhiaguerha leur Chef, le ſujet de leur Ambaſ-
ſade par trente-quatre paroles, exprimées par autant de
preſens, ont unanimement demandé, qu'ayant toûjours eſté
ſous la protection de Tres Haut, Tres Excellent, & Tres-
Puiſſant Prince LOUIS Quatorziéme, par la grace de
Dieu Roy Tres Chreſtien de France & de Navarre, depuis
que les François ont découvert leurs Terres, il pluſt à Sa
Majeſté de la leur continuer, & de les recevoir au nombre
de ſes fidelles Sujets, demandans que le Traité fait, tant
pour la Nation d'Onnontaé, que pour la leur, ayt pour
eux pleine force & ſon entier effet; le ratifiant de leur
part en tous ſes points & articles, dont lecture leur a eſté
faite par Joſeph Marie Chaumonot, Preſtre & Religieux
de la Compagnie de JESUS, nommé en Langue Huronne,
Hechou : Ajoûtans en outre à tous leſdits Articles, qu'ils
proteſtent effectuer de bonne foy ce qu'ils ont offert par
leurſdits preſens, ſur tout de faire paſſer à Quebec, aux
Trois Rivieres, & à Mont-Real, de leurs Familles, pour

A

fervir de lien plus eſtroit de leurs perſonnes & de leurs volontez, aux Ordres de ceux qui auront en ce Païs l'au-torité dudit Seigneur Roy, qu'ils reconnoiſſent dés-à-pre-ſent comme leur Souverain. Demandans reciproquement entre toutes autres choſes, qu'on tranſmette chez eux des Familles Françoiſes, & quelques Robes Noires, c'eſt à dire, des Jeſuites, pour leur preſcher l'Evangile, & faire connoî-tre le Dieu des François, qu'ils promettent aymer & ado-rer ; avec aſſeurance que non ſeulement ils leur prepare-ront des Cabannes pour les loger, mais encore qu'ils tra-vailleront à leur conſtruire des Forts pour les mettre à cou-vert des incurſions de leurs Ennemis communs les Anda-ſtoaeronnons, & autres. Et pour que le preſent Traité fait de leur part en ratifiant le precedent, ſoit ſtable & notoire à tous, ils l'ont ſigné de la Marque differentielle & diſtin-ctive de leurs Familles, aprés que ce qu'ils ont demandé audit Seigneur Roy leur a eſté accordé en ſon nom par Meſſire Alexandre de Prouville, Chevalier, Seigneur de Tracy, Conſeiller du Roy en ſes Conſeils, Lieutenant Ge-neral des Armées de Sa Majeſté, & dans les Iſles & Terre Ferme de l'Amerique Meridionale & Septentrionale, tant par Mer que par Terre, en vertu du Pouvoir à luy donné, dont eſt fait mention au preſent Traité, en preſence & aſſiſté de Meſſire Daniel de Remy, Seigneur de Courcelle, Con-ſeiller du Roy en ſes Conſeils, Lieutenant General des Ar-mées de Sa Majeſté, & Gouverneur de l'Acadie, Iſle de Terre Neuve, & de Canada ; & de Meſſire Jean Talon, auſſi Conſeiller de Sa Majeſté, & Intendant de Juſtice, Po-lice & Finances de la nouvelle France, qui ont ſignez avec ledit Seigneur de Tracy. Et comme Témoins François le Mercier, Preſtre, Religieux & Superieur de la Compagnie de JESUS; & Joſeph Mariè Chaumonot, auſſi Preſtre & Religieux de la même Compagnie, Interpretes des Langues Iroquoiſe & Huronne. Fait à Quebec le 25. May 1666.

AUTRE PAIX

ACCORDE'E PAR L'EMPEREUR DE FRANCE
aux Iroquois de la Nation d'Onnei8t.

A Quebec le douziéme Juillet 1666.

LE septiéme du mois de Juillet de l'année 1666. les Iro-quois de la Nation d'Onnei8t, ayant appris par les Agneronnons leurs Voisins & Alliez, & par les Hollandois du Fort d'Orange, qu'au mois de Fevrier de la mesme année, les Troupes de LOUIS Quatorziéme, par la grace de Dieu Roy Tres Chrestien de France & de Navarre, avoient porté sur les neiges & les glaces les Armes de Sa Majesté jusqu'au Fort d'Orange en la nouvelle Hollande, sous la conduite de Messire Daniel de Courcelle, Lieute-nant General de ses Armées, par les Ordres qu'elles avoient receus de Messire Alexandre de Prouville, Chevalier, Sei-gneur de Tracy, Conseiller de Sa Majesté en ses Conseils, & Lieutenant General de ses Armées, & dans les Isles & Terre Ferme de l'Amerique Meridionale & Septentrionale, tant par Mer que par Terre, de combattre & détruire lesd. Agneronnons ; ce que probablement elles auroient fait, si la méprise de leurs Guides ne leur avoit fait prendre un chemin pour l'autre, sont descendus à Quebec pour y de-mander la Paix, tant en leur nom qu'en celuy des Agne-ronnons, par dix de ses Ambassadeurs, nommez Soenves, Tsoenser8anne, Ak8ehen, Gaunonk8enioton, Asarag8an,
Achiunhara, Jogonk8aras, Oskaragete.
Et aprés avoir fait entendre par la bouche de l'Orateur Soenres leur Chef, le sujet de leur Ambassade, par dix paroles, exprimées par autant de presens, & nous avoir rendu les Lettres des Officiers de la Nouvelle Hollande, ont unanimement demandé, que connoissant la force des Armes de Sa Majesté, la foiblesse des leurs, & l'estat des

A ij

Forts avancez vers eux : & fçachans d'ailleurs que les trois Nations Iroquoiſes Superieures, ſe ſont toûjours bien trouvées de la Protection qu'elles ont cy-devant reçûë dudit Seigneur Roy , il pluſt à Sa Majeſté de leur faire la même grace qu'à elles , en leur accordant cette même Protection , & les recevant au nombre de ſes fidelles Sujets , demandans que les Traitez cy-devant faits tant par leſdites Nations que par la leur , ayent même force & vertu pour celle d'Agnez , qui les a requis de nous en ſupplier avec grande inſtance ; ce qu'elle auroit fait elle-même par le moyen de ſes Ambaſſadeurs , ſi pour eux elle n'avoit apprehendé un mauvais traitement de noſtre part , ratifiant de la leur tous leſdits Traitez en tous leurs points & articles , dont lecture leur a eſté faite en Langue Iroquoiſe , par Joſeph Marie Chaumonot , Preſtre & Religieux de la Compagnie de JESUS. Ajoûtans en outre à tous leſdits Articles , qu'ils proteſtent effectuer de bonne foy ce qu'ils ont offert par leurſdits preſens ; ſur tout de rendre tous les François Algonquins & Hurons qu'ils tiennent captifs parmi eux , de quelque condition & qualité qu'ils ſoient , & ſi long-temps qu'il y ait qu'ils y ſoient detenus , meſme de la part des Agneronnons , de faire paſſer des Familles d'entr'eux , pour ſervir de meſme que les Familles des autres Nations , de lien plus eſtroit de leurs perſonnes & de leurs volontez , aux Ordres de ceux qui auront en ce Païs l'autorité dudit Seigneur Roy , qu'ils reconnoiſſent dés à preſent comme leur Souverain. Demandans reciproquement entre toutes autres choſes , qu'on leur rende de bonne foy tous ceux de leur Nation qui ſe trouveront priſonniers à Quebec , à MontReal , & aux Trois Rivieres ; Qu'on tranſmette chez eux des Familles Françoiſes , & quelques Robes Noires , c'eſt à dire des Jeſuites , pour leur preſcher l'Evangile , & leur faire connoître le Dieu des François , qu'ils promettent aimer & adorer : Meſme que le Commerce & la Traitte leur ſoient ouverts avec la Nouvelle France , par le Lac du S. Sacrement , avec aſſeurance que de leur part ils donneront chez eux une retraite ſeure , tant auſdites Familles , qu'aux Marchands , Traittans , non ſeulement en leur pre

parant des Cabanes pour les loger ; mais encore en travail-
lant à conſtruire des Forts pour les mettre à couvert de
leurs Ennemis communs les Andaſtoaeronnons , & autres.
Et pour que le preſent Traité fait de leur part en ratifiant
le precedent , ſoit ſtable & notoire à tous , ils l'ont ſigné
de la Marque differentielle & diſtinctive de leurs Familles,
aprés que ce qu'ils ont demandé audit Seigneur Roy , leur
a eſté accordé en ſon nom par Meſſire Alexandre de Prouville , Chevalier , Seigneur de Tracy , Conſeiller du Roy en
ſes Conſeils , Lieutenant General des Armées de Sa Majeſté,
& dans les Iſles & Terre Ferme de l'Amerique Meridionale & Septentrionale , tant par Mer que par Terre , en
vertu du pouvoir à luy donné , dont eſt fait mention au
precedent Traité , en la preſence & aſſiſté de Meſſire Daniel
de Remy , Seigneur de Courcelle , Conſeiller du Roy en ſes
Conſeils , Lieutenant General des Armées de Sa Majeſté,
& Gouverneur de l'Acadie , Iſle de Terre Neuve & de Ca-
nada ; & de Meſſire Jean Talon , auſſi Conſeiller de Sa
Majeſté , & Intendant de Juſtice , Police & Finances de la
Nouvelle France , qui ont ſignez avec ledit Seigneur de
Tracy. Et comme Témoins François le Mercier , Preſtre,
Religieux & Superieur de la Compagnie de J E S U S , à
Quebec , & Joſeph Marie Chaumonot , auſſi Preſtre & Re-
ligieux de la même Compagnie , Interpretes des Langues
Iroquoiſe & Huronne. Fait à Quebec , le douziéme de
Juillet 1666.

TROISIESME PAIX

ACCORDE'E PAR L'EMPEREUR
de France, aux Iroquois de la Nation
d'Onnontague.

Le treiziéme Decembre 1666.

ARTICLES de la Paix demandée par six Ambaſſadeurs Iroquois, Garakontie, Ahonnonh8araton, Gatiennonties, Hotre8ti, Ha8endaientak, Te Gannontie, de la Nation d'Onnontague, tant au nom de ladite Nation, qu'en celuy des deux Superieures, Goio8en, Tſonnont8an : Enſemble par Achinnhara, de la Nation d'Onnei8t ; les intereſts de laquelle il a ſtipulé, aprés s'eſtre joint auſdits Ambaſſadeurs : Et accordez au nom & de la part du Roy Tres-Chreſtien , par Meſſire Alexandre de Prouville , Chevalier , Seigneur de Tracy, Conſeiller du Roy en ſes Conſeils, Lieutenant General des Armées de Sa Majeſté, & dans les Iſles & Terre Ferme de l'Amerique Meridionale & Septentrionale, tant par Mer que par Terre , de ce ſuffiſamment autoriſé en vertu du Pouvoir à luy donné par les Lettres Patentes de Sa Majeſté, en datte du   en la preſence & aſſiſte de Meſſire Daniel de Courcelle, Conſeiller du Roy en ſes Conſeils , Lieutenant General des Armées de Sa Majeſté, & Gouverneur de l'Acadie, Iſle de Terre Neuve & de Canada ; & de Meſſire Jean Talon, auſſi Conſeiller de Sa Majeſté, & Intendant de Juſtice , Police & Finances de la Nouvelle France.

AU NOM DE DIEU qui a tout fait. Soit notoire à tout l'Univers, que comme cy-devant les Roys Tres-Chreſtiens , de glorieuſe memoire , auroient ſouvent avec peril, peine & dépenſes, envoyez leurs Sujets à la découverte des Païs inconnus, & occupez par les Nations Sauvages, Barbares & Infidelles ; Cependant avec ſi peu de ſuccez que juſqu'au Regne de Tres-Haut, Tres Excellent, & Tres Puiſſant Prince LOUIS Quatorziéme, par la grace de Dieu Roy Tres-Chreſtien de France & de Navarre, les Armes de leurs Majeſtez ne ſe ſeroient portées que juſques à l'Iſle de Mont-Real, dans le grand Fleuve de S. Laurens : Mais que ſous le Regne dudit Seigneur Roy LOUIS Quatorziéme, Dieu par ſa Miſericorde ſoûtenant les pieux deſſeins de Sa Majeſté, fortifiant ſes genereuſes entrepriſes, & beniſſant ſes Armes d'ailleurs victorieuſes, auroit ouvert aux François ſes Sujets le chemin aux habitations des quatre Nations Iroquoiſes Superieures, & introduits en ces Contrées voiſines du Lac Ontario les meſmes François, tant pour y eſtablir le nom de CHRIST, que pour y aſſujettir à la domination Françoiſe les Peuples Sauvages qui les habitent : Les Ambaſſadeurs cy-devant nommez, ne ſont pas venus demander une nouvelle Paix, ne pretendant pas que la premiere union des Iroquois avec les François ſoit rompuë ou bleſſée ; mais ſeulement ſupplier que l'on confirme la premiere, en leur accordant la continuation de la mê-me protection qu'ils ont cy-devant receuë des Armes de Sa Majeſté, & de ſes Sujets qui ont habité Onnontague durant pluſieurs années ; Sur quoy il a eſté convenu & arreſté ce qui enſuit.

PREMIEREMENT.

Que puiſque les quatre Nations d'Onnontague, Goiog8en, Tſonnont8an, & Onnei8t, ſupplient tres-humblement ledit Seigneur Roy, d'enterrer avec les François maſſacrez la memoire de tous les torts, excez, injures, & violences : Iceux Iroquois auſſi remettant de leur part tous les eſchets & déplaiſirs qu'ils ont receus, ſoit des Hurons, ſoit des Algonquins Sujets dudit Seigneur Roy, ou vivant ſous ſa Protection, par infraction de Traitez de Paix autrefois faits avec eux, par le maſſacre de leurs Ambaſſadeurs, ou par la détention de leurs preſens , ſans y répondre par d'autres de pareille nature.

I I.

Que leſdits Hurons & Algonquins habituez au Nort du Fleuve de Saint Laurens , depuis les Eſquimaux & Bertia-mites , en remontant juſqu'au grand Lac des Hurons , ou Mer douce , & au Nort du Lac Ontario, ne pourront à l'avenir eſtre inquietez dans leur Chaſſe par les quatre Nations Iroquoiſes , ou troublez dans leur Commerce en deſcendant par la Traitte à Mont-Real , aux Trois Rivie-res , à Quebec, ou par tout ailleurs , ſoit par Terre dans les Bois , ou par Eauë dans leurs Canots , ſous quelque pretexte que ce puiſſe eſtre ; Ledit Seigneur Roy decla-rant dés à preſent qu'il les tient tous , non ſeulement ſous ſa Protection , mais comme ſes propres Sujets, s'eſtans une fois donnez à Sa Majeſté à titre de ſujettion & vaſſelage , ains au contraire que leſdites Nations Iroquoiſes ſeront obligées de les aſſiſter en tous leurs beſoins , ſoit en Chaſſe, ſoit en Paix ou en Guerre , & que les diviſions & inimi-tiez qui ont eſté entre leſdits Algonquins & Hurons , & entre les Iroquois , ceſſantes par le preſent Traité , il y aura une amitié & un ſecours mutuel entre toutes leſdites Nations, qui s'uniront comme freres pour leur commune deffenſe , ſous la protection dudit Seigneur Roy.

I I I.

Que leſdites Nations Iroquoiſes ayant rendu des témoi-gnages du reſpect & de la forte conſideration qu'elles avoient pour le nom François, en la perſonne du nommé le Moyne, Habitant du Mont-Real , Sujet dudit Seigneur Roy, par elles pris en Guerre, qu'elles ont ſoigneuſement conſervé & ramené de meſme ſein & entier juſques dans ſon propre Foyer, avec un autre François leur priſonnier, ledit Seigneur Roy leur remettra une femme Iroquoiſe, Captive des Algonquins demeurans aux Trois Rivieres, comme dés

à

à prefent il fait une Femme Huronne d'une Famille refugiée à Tfonnont8an, laquelle fe trouve prefentement Captive dans le Fort des Hurons à Quebec.

I V.

Que conformément à leurs defirs, & à leurs inftantes prieres, il leur fera accordé deux Robes Noires, c'eft à dire deux Peres Jefuites, l'un defquels fera fucceffeur des charitables foins que le feu Pere le Moyne a pris de leur inftruction ; Qu'auffi en échange elles auront pour lefdites deux Robes, les mefmes fentimens de reconnoiffance qu'elles ont témoignez à la memoire dudit feu Pere, la mort duquel elles ont declaré avoir apprife paffant aux Trois-Rivieres avec un fenfible déplaifir, ayant mefme fait un prefent pour le reffufciter. Pareillement qu'il leur fera envoyé au Printemps prochain un Armurier, pour remettre leurs Armes rompuës en eftat de fervice contre leurs Ennemis, & un Chirurgien pour penfer leurs malades & leurs bleffez; ce qu'elles ont ardemment defiré, & ce que ledit Seigneur leur accorde volontiers, pour leur témoigner non feulement le zele qu'il a de procurer chez elles l'avancement du Chriftianifme, l'établiffement de la Foy, & leur falut, en les faifant inftruire des Principes & Myfteres de noftre Religion ; mais la bonté & charité qui porte Sa Majefté à leur donner les fecours temporels qui leur font fi neceffaires, ou fi utiles contre les maladies, leurs Ennemis domeftiques, & contre l'attaque des Eftrangers.

V.

Que puifque les quatre Nations Iroquoifes reconnoiffent les avantages qu'elles ont receus de l'union des François, & de la communication qu'ils avoient avec elles, tandis qu'elles les ont eus dans leurs habitations, & que les efperans pareils, elles demandent que ledit Seigneur Roy faffe paffer à Onnontague, Coiog8en & Tfonnont8an, des Familles Françoifes pour s'habituer dans leur Païs, offrant d'aider à leur eſtabliſſement, & de les appuyer de leurs forces contre les Nations qui voudroient s'y oppoſer ou le retarder, Sa Majeſté s'engage d'y en envoyer au Printemps prochain, avec les Ambaſſadeurs qui doivent apporter la Ratification du preſent Traité de la part des quatre Habitations, à condition que dans chacune d'icelles il ſera donné des Champs propres à former des Cabanes, pour y mettre leſdites Familles à couvert, & nourrir du Bled d'Inde, qui ſera fourni pour ſemence en échange d'autres denrées, qui ſeront à cet effet portées de la part des François qui en fourniront aux Nations Iroquoiſes. Que la Chaſſe & la Peſche ſeront communes aux Familles Françoiſes, qui d'ailleurs recevront des Iroquoiſes tous les ſecours & les aſſiſtances favorables, que de veritables Freres doivent s'entrerendre les uns aux autres.

V I.

Que pour rendre l'union deſirée des Nations Iroquoiſes avec la Françoiſe, plus forte & plus ſolide, la Paix plus ferme & perdurable, & la correſpondance plus aiſée, il ſera envoyé de chacune des quatre Nations Superieures à Mont-Real, aux Trois Rivieres, & à Quebec, deux des principales Familles Iroquoiſes, auſquelles il ſera donné des Champs, & des Bleds d'Inde & François, outre le benefice de la Chaſſe & de la Peſche commune, qui leur ſera accordé : & ce pour nourrir & fomenter d'autant plus cette Paix ſouvent faite & ſi ſouvent rompuë, & engager mieux ledit Seigneur Roy à continuer ſa protection à toute la Nation en general, à laquelle ce moyen eſt offert pour ſeconder les bonnes intentions qu'elle a, de ne tenir pas les François par l'extremité de la robe & par la frange ſeulement, mais les embraſſer fortement par le milieu du corps.

V I I.

Que ſur l'aſſeurance donnée au nom des quatre Nations, qu'il ne ſera fait aucun acte d'hoſtilité ſur les François Al.

gonquins & Hurons, la Hache defdits François Algonquins
& Hurons, demeurera refpectivement fufpenduë à l'égard
defdites Nations Iroquoifes, jufqu'au retour des Ambaffadeurs avec la Ratification du prefent Traité. Bien entendu
que comme il y a des Onnei8teronnons & Gaigneigronnons
en parti de Chaffe & de Guerre ; Si, qu'à Dieu ne plaife,
ils attaquoient ou par hazard ou par malice les François
Algonquins ou Hurons, il fera permis à ceux-cy de repouffer
la force par la force, & d'avoir recours aux Armes pour
mettre leurs vies en feureté, fans que pour la mort ou dé-
faite defdits partis, on puiffe imputer leur jufte refiftance
à infraction de Traité.

VIII.

Que comme on ne peut excufer les Gagneigronnons de
n'avoir pas fceu l'arrivée des François, les Forts par eux
conftruits & avancez fur la Riviere de Richelieu, & dans
le voifinage de l'habitation defdits Gagneigronnons, leur
ayant deu fuffifamment apprendre, on ne peut auffi les excufer de n'avoir pas envoyé des Ambaffadeurs pour demander la Paix, de mefme que les autres Nations Superieures ;
Qu'ainfi cette Nation feule fera excluë de ce Traité pour
le prefent, le Seigneur Roy fe refervant de l'y comprendre,
s'il le juge à propos, lors qu'elle envoyera de fa part luy
demander la Paix & fa Protection.

IX.

Que pour le prefent Traité demeure feure, ferme & in-
violable, & qu'il foit accompli en tous les points & articles
y contenus, traitez, accordez & ftipulez, entre Meffire
Alexandre de Prouville, en prefence & affifté comme deffus,
& les fix Ambaffadeurs cy-deffus nommez, il fera refpectivement figne de part & d'autre, pour demeurer autentique
& y avoir recours en cas de befoin ; Aprés que lecture en aura
efté faite en Langue Iroquoife, & que dans quatre Lunes
la Ratification en fera apportée de la part des quatre Nations

Superieures, par le retour des mêmes Ambaſſadeurs, qui ne pouvant ſigner ſe ſont volontairement obligez de mettre la Marque diſtinctive de leurs Familles, l'Ours, le Loup & la Tortuë, en preſence de François le Mercier, Religieux, Preſtre & Superieur de la Compagnie de JESUS, à Quebec, de Joſeph Marie Chaumonot, autre Preſtre & Religieux de la même Compagnie, & de Charles le Moyne, Habitant de Mont-Real, tous Interpretes des Langues Iroquoiſes & Huronnes, leſquels ont ſigné comme témoins. Fait à Quebec le treiziéme Decembre 1666.